DÉCALOGUE

OU

DYNAMITE

AVIS AUX BOURGEOIS SANS DIEU

PAR L'AUTEUR DES

Dialogues entre feu Cartouche et M. Brisson,
sur l'art d'exterminer sans bruit
le Clergé, ses écoles et ses congrégations.

PARIS

ANCIENNE MAISON RETAUX-BRAY

VICTOR RETAUX ET FILS, LIBRAIRES-ÉDITEURS

82, RUE BONAPARTE, 82

—

1891

DÉCALOGUE

OU

DYNAMITE

Lb
10569

EMILE COLIN — IMPRIMERIE DE LAGNY

DÉCALOGUE

ou

DYNAMITE

AVIS AUX BOURGEOIS SANS DIEU

PAR L'AUTEUR DES

Dialogues entre feu Cartouche et M. Brisson,
sur l'art d'exterminer sans bruit
le Clergé, ses écoles et ses congrégations.

DÉPOT LÉGAL
Seine-et-Marne
1897

PARIS

ANCIENNE MAISON RETAUX-BRAY

VICTOR RETAUX ET FILS, LIBRAIRES-ÉDITEURS

82, RUE BONAPARTE, 82

1891

DÉCALOGUE

ou

DYNAMITE

Messieurs les bourgeois de la congrégation voltairienne et franc-maçonne, gros capitalistes de la juiverie naturelle ou naturalisée, gros rentiers, gros industriels, richissimes banquiers, députés et sénateurs de toutes les gauches et de toutes les couches, ministres à tout faire, et vous, gent moutonnière de l'épicerie, saturée d'impiétés et de blasphèmes, c'est à vous que cet opuscule s'adresse.

Un peu d'attention, s'il vous plaît. Je dis un peu, n'osant dire beaucoup, car je sais que votre tête n'est pas forte, et puis votre temps est précieux. Vous avez votre journal à lire, un festin à dévorer, une lettre de change à signer, un ballet à admirer, et peut-être encore, à la sortie du théâtre, une Armide à visiter. Je serai donc très court.

Je ne vous aurais pas même interpellés s'il s'agissait pour vous d'un péril ordinaire ; mais comme la mort est à votre porte, j'ai cru que vous ne m'en voudriez pas de crier : Garde à vous! dût cet avertissement troubler un peu votre digestion.

Oui, messieurs les bourgeois, apprentis, compagnons, maîtres, maçons de tout grade, c'est très sérieusement que j'articule devant vous la funèbre sentence : Frères, il faut mourir!

Il faut mourir en relevant le Décalogue, que vous foulez sous vos pieds de mécréants.

Ou mourir par la Dynamite, c'est-à-dire broyés par la Révolution sociale.

Si la haine que vous portez à Dieu, au Christ, à son Eglise, à son Evangile, à ses ministres, vous laisse assez de liberté d'esprit pour suivre un raisonnement, vous allez comprendre qu'il n'y a pas à sortir de ce dilemme :

DÉCALOGUE OU DYNAMITE!

I

PAS DE SOCIÉTÉ SANS LE DÉCALOGUE

Messieurs les bourgeois voltairiens, vous qui vous piquez d'être de grands esprits, des esprits forts, peut-être aurez-vous remarqué ce phénomène qui crève les yeux à tout le monde : c'est que l'homme sans Dieu est un animal d'une soif dévorante et inextinguible.

Il a soif d'or, de terres, de maisons.

Il a soif de jouissances : il lui faut bon feu, bon lit, bonne table, et des femmes autant qu'au Grand Turc.

Il a soif de places et d'honneurs : les Wilson et les Limousin gagnent des millions à lui vendre du ruban rouge.

Et cette soif est littéralement insatiable comme celle de l'ivrogne ; plus il boit, plus il veut boire. Sardanapale se mourait de soif et tirait la langue en sortant de l'orgie.

Messieurs, inutile de prouver cette vérité à de vieux praticiens comme vous. Vous n'avez qu'à vous tâter pour comprendre Sardanapale.

Si cela est vrai, vous m'accorderez bien aussi qu'au banquet républicain où vous êtes très bien assis, il n'y a point de place pour trente-six millions de convives, même pour trente millions, en cas que vous vouliez défalquer les enfants en nourrice. Bon gré mal gré, il faut que les uns se serrent le ventre pendant que les autres font ripaille. Du reste, si tout le monde banquetait, qui donc ferait la cuisine, et mettrait les plats sur la table? Donc, à côté des riches, de pauvres ouvriers; à côté des maîtres, des serviteurs besoigneux; à côté de Sardanapale, Lazare le mendiant.

Vous conviendrez encore avec moi d'une troisième vérité non moins capitale, c'est que le pauvre a des dents non moins longues que les riches. Quand il voit de l'or, il désire en emplir ses poches; une bouteille de bon vin, il

désire s'en humecter le gosier ; une belle idole
de chair, il désire la posséder ; un fauteuil ou
un trône, il désire s'y asseoir. Et comme toutes
ces belles choses appartiennent exclusivement
au bourgeois Sardanapale, il lui prend une
furieuse envie de lui casser le cou pour lui
prendre son or, son vin, ses maîtresses et son
trône.

Tout cela est dans la nature, Messieurs, et
par conséquent ne dépasse pas la portée de
bons bourgeois matérialistes comme vous.
Mais voici qui demande un léger effort d'in-
telligence : attention, s'il vous plaît.

Vous êtes-vous jamais demandé pourquoi
depuis dix-huit-cents ans, malgré ses longues
dents, sa faim dévorante, sa soif inextinguible,
jamais l'ouvrier ne s'était jeté sur le bourgeois
pour l'étrangler? Il y a là un profond mystère
que les enfants du catéchisme comprennent,
mais que vous, maçons de tout grade, très peu
ferrés sur ce petit livre d'or, pourriez ignorer.
Souffrez donc que je vous apprenne pourquoi
les pauvres n'étranglent pas les riches ni les
ouvriers, leurs patrons.

C'est que jusqu'ici le Christ avait mis un

frein à leurs mauvais désirs, et ce frein s'appelle le *Décalogue*. — Ne riez donc pas comme cela, Messieurs ; vous auriez l'air de parfaits imbéciles, incapables d'apprécier autre chose qu'une jambe de danseuse ou une chanson de Paulus.

Donc, à tous ces pauvres, à tous ces travailleurs, à tous ces nécessiteux, toujours prêts à se jeter sur le bourgeois pour l'étrangler d'abord et le voler ensuite, Dieu avait donné ces trois préceptes du Décalogue :

Tu ne tueras point ;

Tu ne commettras point d'adultère ;

Tu ne voleras pas le bien de ton prochain ;

Triple barrière qui sauvegarda ces trois choses sacrées : la propriété, la famille, la vie humaine.

Le Décalogue alla plus loin ; il poursuivit dans l'homme jusqu'au mauvais désir : « Tu ne convoiteras ni le bien, ni la femme de ton prochain. » C'était le frein posé par Dieu non seulement à la bouche et aux mains, mais au cœur lui-même.

Et malheur aux violateurs des lois divines ! Le législateur du Décalogue en sera aussi le vengeur. Dieu déclare qu'à la mort chacun paraîtra devant son tribunal pour être jugé selon ses œuvres. Ceux qui auront respecté le décalogue, trouveront place au banquet éternel ; ses contempteurs, au contraire, seront précipités dans l'abîme de feu, d'où ils ne sortiront jamais.

Avec de pareilles lois, messieurs, appuyées sur une pareille sanction, on comprend la patience dix-huit fois séculaire des déshérités de ce monde en présence des jouisseurs et des exploiteurs. Au milieu de leurs travaux et de leurs souffrances, ils redisaient avec le Christ : « Bienheureux les pauvres, et ceux qui pleurent, et ceux qui ont le cœur pur, et ceux qui souffrent persécution, car le royaume du ciel est à eux ! »

Et voilà pourquoi, messieurs, le riche a pu dormir tranquille à côté du pauvre sans craindre ni Commune, ni guerre sociale : c'est que depuis dix-huit siècles le Décalogue règne dans notre France sur la pauvre humanité.

II

A BAS LE DÉCALOGUE

Messieurs de la franc-maçonnerie bourgeoise, il est donc bien établi que, si vous avez pu pendant de longs siècles vivre, manger, boire et dormir à votre aise, c'est grâce au Décalogue. Pourriez-vous me dire maintenant pourquoi vous, les riches, les repus, les bourgeois, vous criez à tue-tête depuis que vous êtes au monde : A bas Dieu, à bas le Christ, à bas le Décalogue !

Car, vous ne pouvez le nier, Messieurs, votre secret, aujourd'hui percé à jour, c'est la destruction du règne et de la loi de Dieu. Ce que vous appelez la Révolution de 1789, c'est tout simplement l'anti-christianisme, et votre Déclaration des droits de l'homme n'est pas autre chose que la négation des droits de Dieu. Tout votre catéchisme tient en deux articles : Il n'y a pas d'autre Dieu que le peuple, ni d'autre Décalogue que le Bulletin des lois, expression de la volonté du peuple.

Et vos actes ont été parfaitement conformes à vos principes. Pour vous, messieurs les bourgeois, les commandements de Dieu sont de vieilles fictions bonnes tout au plus pour effrayer des peuples enfants. Vous vous en moquez comme des rapsodies du vieil Homère. Un petit examen de ce que vous appelez votre conscience, on ne sait trop pourquoi, vous montrera que je n'exagère point.

Si je vous disais que vous aimez Dieu par-dessus toutes choses, comme le veut le premier précepte du Décalogue, vous hausseriez les épaules, et vous me demanderiez si je vous prends pour des bigots. Vous ne priez point, vous n'allez point à la Messe, vous ne connaissez ni confession ni communion. Votre temple, c'est la Bourse ; votre autel, le théâtre ; votre idole, la courtisane du jour. Si vous vous agenouillez quelquefois, ce n'est pas devant Dieu, c'est devant une danseuse. Dieu! vous êtes arrivé à nier son existence afin de vous débarrasser des devoirs qu'il impose et des terreurs qu'il inspire. Dieu! criez-vous au peuple, c'est la nature! Dieu, c'est l'humanité! Dieu, c'est le mal!

Ce blasphème d'un des vôtres me conduit au second commandement. Messieurs les bourgeois, qui pourrait compter les millions de monstrueux blasphèmes vomis tous les jours par la presse que vous soudoyez, et dont vous vous faites un régal chaque matin? N'avez-vous pas traîné sur la claie le Fils de Dieu, son auguste Mère, les mystères les plus sacrés de la religion? N'avez-vous pas sous ce rapport dépassé les juifs déicides et vaincu Satan lui-même? Ne branlez pas la tête, Messieurs, vos infamies sont écrites et vos Caïphes sont vivants.

Le dimanche que Dieu, par son troisième commandement, nous ordonne de sanctifier, non contents de le profaner, vous en avez fait un jour de crimes et de débauches. Vous avez contraint vos ouvriers à travailler ce jour-là dans vos mines, vos usines et vos manufactures; vous avez commandé, le dimanche, des revues et des parades militaires, ou organisé des parties de chasse, des réunions de plaisir. Dans votre rage satanique, vous avez substitué le lundi au dimanche comme jour de repos, afin de montrer à tous les peuples que c'en était fini du jour de Dieu; vous avez biffé du code la loi qui prescrivait aux officiers civils de respecter ce saint jour, et ainsi déchristianisé la France. Vous l'avez fait descendre, cette pauvre France, au-dessous de l'Angleterre protestante où la loi du dimanche s'impose à tous. Quand toutes les nations, quand tous les peuples ont demandé le repos du septième jour comme nécessaire à l'ouvrier, vous avez dit : Soit, mais nous ne voulons pas reconnaître le dimanche comme jour de repos obligatoire : ce serait fortifier la loi du Christ, que nous voulons détruire.

Après Dieu, le Décalogue ordonne de respecter les représentants de Dieu, le père de famille et le chef de l'État. Qu'avez-vous fait de ce quatrième précepte?

Vos lois ont détrôné le père de famille. En lui enlevant le pouvoir de disposer de ses biens,

elles ont ruiné son autorité ; en lui imposant
l'école laïque, elles font de ses enfants des
êtres sans Dieu, et partant sans conscience et
sans moralité. Quant aux chefs d'État, vos théories révolutionnaires les transforment en soli-
veaux soumis aux fantaisies de cinq ou six cents
sectaires qu'on appelle représentants du peuple,
et qui passent leur temps à légiférer contre le
peuple et contre Dieu.

Au fond, ni Dieu ni Maître : cette devise d'un
journal révolutionnaire va devenir la devise du
peuple français. De là les compétitions effré-
nées, les haines féroces : haine du bourgeois
contre l'Église, du prolétaire contre le bourgeois, des partis vaincus contre le parti au pouvoir. De là vengeances, insurrections, assassinats, guerres civiles, sauvagerie. Depuis un
siècle que vous régnez, ô bourgeois francs-
maçons, le cinquième précepte a sombré dans
une mare de sang.

Le sixième est noyé dans la fange. Le ma-
riage civil, le divorce, l'adultère sur toute la
ligne : voilà vos œuvres. Celui qui veut se faire
une idée de vos mœurs n'a qu'à lire vos livres,
fréquenter vos théâtres, vos lupanars, et surtout

contempler vos foyers déserts. Après avoir
hurlé contre le droit d'aînesse, vous l'avez réta-
bli par un crime désastreux pour la France : au
lieu de favoriser l'aîné des enfants comme sous
l'ancien régime, vous vous bornez à l'unique,
vous supprimez lâchement tous les autres, et
puis vous gémissez hypocritement sur la dépo-
pulation de la France.

Oserai-je vous parler du septième précepte?
Hélas, il faudrait vous entretenir des usuriers,
des falsificateurs de denrées, des banquerou-
tiers, des agioteurs, des tripoteurs d'affaires
véreuses, des intrigants, des filous de toute espèce qui s'enrichissent aux dépens du public,
des juifs accapareurs, riches de plusieurs milliards ; il faudrait vous rappeler les honteux
marchés de 1870, nos trente-six milliards de
dettes, nos déficits annuels, et ces fortunes
scandaleuses acquises en six mois de temps, au
moyen de coups de bourse ou de pots-de-vin.

Je ne parle pas du huitième commandement :
votre maître Voltaire vous en a dispensés.
« Mentez, mentez, disait-il, il en restera toujours quelque chose. » Vous avez été fidèles à
ses instructions. Les mensonges les plus auda-

cieux, les calomnies les plus éhontées sont vos armes favorites dans votre guerre contre l'Église. Vos livres et vos journaux travestissent l'histoire, falsifient les textes, inventent les contes les plus absurdes, et n'existent que pour conspirer contre la vérité.

Quant aux convoitises défendues par les deux derniers préceptes, vous les avez surexcitées jusqu'au paroxysme. Grâce à vos leçons et à vos exemples, le monde a la fièvre, fièvre de l'or et du plaisir, fièvre qui s'exalte de jour en jour et deviendra de la rage.

Messieurs les bourgeois francs-maçons, vous voyez que les dix préceptes du Décalogue ont été par vous mis en capilotade. Et ce crime de lèse-divinité, vous l'avez commis devant le peuple, à ciel ouvert ! Vous avez affecté, par exemple, de vous gorger de saucisson le Vendredi Saint, afin de montrer à tous votre mépris pour le Christ et son Église. Vous avez expulsé les Ordres religieux et laïcisé les écoles pour enlever à l'enfant la Croix, le *Credo* et le Décalogue.

Messieurs, vous avez réussi. Grâce à vous, la France sera bientôt un pays sans foi ni loi.

Mais avant de vous couronner de lauriers, veuillez, s'il vous plaît, jeter un coup d'œil sur les conséquences de votre œuvre. Si le Décalogue est, comme je l'ai montré, le fondement de la société, n'auriez-vous pas, en le détruisant, démoli les fondements de votre maison ? Et dans ce cas, au lieu de vous présenter au monde comme de grands philosophes, ne paraîtriez-vous pas des idiots de premier calibre ?

La réponse au paragraphe suivant.

III

VIVE LA DYNAMITE!

Messieurs les bourgeois, vous n'avez crié :
« A bas le Décalogue ! » que pour vous affranchir de toute loi et régner sans contrôle sur un
peuple d'esclaves. Débarrassés de Dieu, l'éter-
nelle justice, il ne restait d'autres lois que vos
lois, c'est-à-dire les produits de vos officines
législatives, ou, pour parler plus clairement,
les ukases fabriqués par messieurs les capitalistes, rentiers, avocats, médecins, manufactu-
riers, usuriers et millionnaires de tout acabit.
Le rôle du peuple, que vous appelez ironique-
ment votre souverain, n'a jamais consisté qu'à
vous prêter ses épaules pour vous hisser au pou-

voir, et pour retourner ensuite, Gros-Jean comme devant, à vos mines, vos usines et vos cuisines.

Mais la sagesse humaine est toujours courte par quelque endroit, comme dit Bossuet. Vous n'avez pas vu qu'en brisant les chaînes qui vous liaient à Dieu, vous aviez du même coup affranchi le peuple de tous ses devoirs. Votre tête n'était pas assez forte pour comprendre qu'en enlevant aux prolétaires la place qu'ils espéraient au banquet céleste, vous les forciez à disputer aux bourgeois les places réservées qu'ils occupent aux banquets de la terre. Sans vous en apercevoir le moins du monde, vous avez bêtement démuselé une meute de chiens enragés qui aboient à vos oreilles : « Puisqu'il n'y a plus de Décalogue, vive la dynamite, et mort aux bourgeois ! »

Cela vous étonne, Messieurs ? Cependant, quoi de plus simple et de plus logique ? Rappelez-vous que, d'après vos enseignements, il n'y a ni Dieu, ni Christ, ni ciel, ni enfer ; il n'y a d'autre Dieu que l'humanité ; d'autre paradis que le vin et les femmes, ainsi que chantait autrefois le vieil Horace ; d'autre enfer qu'une bourse vide. Il est tout naturel que l'ouvrier revendique une place au festin, un peu de terre, un peu d'or, un peu de repos, et sa petite part de voluptés. Il trouve que c'est une duperie de travailler toujours et sans espérance pour les gros bourgeois qui l'exploitent, pour les Lucullus qui s'engraissent de ses sueurs. Il réclame sa part du gâteau, et c'est ce qu'il appelle communisme, socialisme, collectivisme, anarchisme.

Pour vous prouver, Messieurs, que vous êtes bien les pères du socialisme et de l'anarchisme, il suffit de vous montrer que tout leur système antisocial repose sur votre doctrine antichrétienne.

Voici leur système, beaucoup plus rationnel que le vôtre, parce que, des principes posés par vous, ils savent tirer des conséquences qui vous déplaisent, mais qui n'en sont pas moins très logiques :

Article premier. — Il n'y a pas de Dieu. — C'est le premier article de l'infernal *Credo* qu'ils vous ont emprunté.

Art. 2. — Il n'y a pas de vie future. — C'est la conséquence naturelle de l'athéisme; c'est, du reste, l'abominable doctrine de vos philosophes, matérialistes et positivistes.

Art. 3. — S'il n'y a pas de vie future, celui qui ne cherche pas ici-bas la plus grande somme de jouissances possible n'est qu'un idiot. — C'est votre enseignement, Messieurs; c'est surtout celui que vous donnez au peuple par vos exemples.

Art. 4. — Comme la jouissance matérielle, loi suprême du matérialiste, est inégalement répartie dans la société actuelle, il faut trouver un système social qui répare l'injustice et ramène les hommes à l'égalité, c'est-à-dire au partage égal des jouissances. — Si cet article ne vous va pas, Messieurs, c'est parce que vous êtes les repus; mais il fait battre le cœur de tous les prolétaires, qui, jusqu'ici, n'ont travaillé que pour vous remplir les poches et le ventre.

Art. 5. — On ne peut arriver à l'égalité des jouissances qu'en arrachant aux propriétaires tout ce qu'ils possèdent : or, argent, terres, maisons, palais, pour transformer ces propriétés individuelles en propriétés collectives. — Ce moyen vous paraît dur, Messieurs les bourgeois sans Dieu ; mais trouvez-en un autre pour faire entrer le prolétaire sans Dieu en participation de vos plaisirs et de vos fortunes.

Art. 6. — Comme il est fort probable que les propriétaires ne se laisseront pas dépouiller de bon gré, il faut déclarer la guerre aux capitalistes bourgeois, guerre d'extermination, guerre sociale, sans pitié ni merci, jusqu'au jour où la bourgeoisie, au milieu du sang et des larmes, rendra les armes au prolétariat vainqueur.

Voilà la doctrine socialiste, Messieurs les bourgeois sans Dieu ; doctrine basée, comme vous le voyez, sur vos principes d'impiété. Pour vous prouver que je n'invente pas, la voici exposée, par leurs orateurs et leurs écrivains, dans une langue beaucoup plus colorée que la miennne.

Écoutez le grand organe des ouvriers allemands, la *Démocratie socialiste :* « Ouvriers de Mulhouse, le socialisme seul vous délivrera de l'oppression des fabricants et de la domination de la force. Tendez résolument une main fraternelle aux autres ouvriers, vos frères. » (19 janvier 1882.)

« Ce n'est pas dans la vie future que le pro-

létariat doit attendre son salut ; il doit le cher-
cher dans la vie présente. » (6 avril 1882.) —
Comprenez-vous, Messieurs les matérialistes ?

« Qui a fait entrer dans le monde les idées
antichrétiennes, panthéistes, matérialistes,
athées ? Est-ce le socialisme ? Non. Le socialisme était encore ignoré dans le sein maternel
de la bourgeoisie, quand ces idées étaient déjà
en vie. Ceux qui répandirent ces idées chez
nous, ce sont les grands poètes et les grands
philosophes. » — Et chez nous, dans notre
France catholique, n'est-ce pas aussi dans ton
sein maternel, ô bourgeoisie franc-maçonne,
qu'ont germé et se sont développées les idées
antichrétiennes ? Ne sont-ce pas tes poètes, et
tes philosophes, et tes littérateurs, et tes ro-
manciers, les Hugo, les Cousin, les Michelet,
les Quinet, les Eugène Sue, les George Sand
qui les ont prêchées au peuple, ces infâmes
doctrines ? Mais poursuivons.

« Dans sa jeunesse, la bourgeoisie a salué
ces idées avec enthousiasme : elles étaient son
idéal à l'époque de la lutte contre l'autocratie
et contre l'Église.

» Ah ! que les temps sont changés aujour-

d'hui ! Le jeune compagnon, le travailleur a
tout gâté. Quand il était petit, et promettait
de devenir utile à la bourgeoisie, elle lui donna
les classiques, la philosophie, la science natu-
turelle, pour qu'il s'en fît des jouets. Le compagnon a grandi, il a pris ce qu'on lui a donné, il
n'en a pas fait des jouets, — *il en a fait des
armes*. La bourgeoisie, qui connaît la valeur de
ces armes, en a été prise d'une terreur mor-
telle. » Eh bien, est-ce assez clair, ô bourgeois
impies? De vos prédications anti-chrétiennes
le peuple a *fait des armes*, des armes qui
vous font trembler. Ce n'est pas moi qui vous
accuse, c'est ce peuple lui-même que vous avez
égaré. Écoutez maintenant la conclusion :

« De même que l'invention de la poudre
brisa la puissance de la féodalité, la dynamite
brisera le despotisme moderne. La fière Albion
tremble devant quelques hommes et quelques
quintaux de dynamite, et elle a raison de trembler. On a appelé les canons l'*Ultima ratio
regum*, la dynamite sera le dernier mot des
peuples opprimés... » (19 avril 1887.) C'est à la
lettre mon raisonnement : Vous avez supprimé
le Décalogue, vous subirez la dynamite !

Toujours les socialistes suppriment Dieu et ·
la vie future avant de crier : à bas les bourgeois !
Karl Marx, le fondateur de l'Internationale, le
prophète du socialisme, blasphémait comme
Satan. Le député, socialiste, Liebnecht, disait
en 1883 : « La science naturelle nous délivre
de Dieu. La science sociale, à laquelle Marx a
initié le peuple, tue le capitalisme, et avec lui
les idoles et les maîtres de la terre. » L'anarchiste Stellmacher, auteur d'une multitude
d'assassinats et d'exécrables attentats, expli-
quait à ses juges ses griefs contre la société,
et le motif pour lequel il ne craignait rien, pas
même la sentence de mort qu'ils allaient pro-
noncer contre lui : « Voici ma profession de
foi, dit-il au tribunal, je ne crois pas en Dieu,
car je ne puis croire qu'en ce que je sais. »

De l'Allemagne passez en Russie, la terre
classique du nihilisme, c'est-à-dire des explosions de dynamite, des machines infernales,
des complots les plus exécrables ; et vous
verrez que là aussi l'impiété engendra les
assassins. « Le premier combat fut livré, nous
dit l'organe des nihilistes, sur le terrain de la
foi. Il ne fut ni long ni vif ; nous avons triomphé

pour ainsi dire à la première attaque, car il n'y a pas de pays où la religion ait si peu pris racine dans les classes cultivées qu'en Russie. La génération qui s'est éteinte fut un peu chrétienne par habitude et un peu athée par éducation. Lorsque toute une légion de jeunes gens écrivains, armés *des sciences naturelles et de la philosophie positive*, se lança à l'assaut, ce reste de christianisme s'écroula comme une vieille masure en ruines. » De là le nihilisme qui se recrute, comme disait Bismarck, dans le prolétariat des bacheliers et des étudiantes, et que déjà M. de Maistre voyait poindre au commencement de ce siècle : « A cette secte, disait-il, il ne faut que l'oreille des enfants de tout âge et la patience du souverain. Elle réserve le bruit pour la fin. » Dans sa clairvoyance prophétique, il appelait ses adeptes des Riénistes.

En Amérique, l'organe anarchiste, la *Freiheit*, écrivait à la suite d'horribles attentats : « Il ne s'agit plus de troubler un office religieux ; il faut simplement extirper la religion avec tout ce qui tient d'elle. Gare à la prêtraille, le jour où le drapeau rouge flottera au faîte de

ses boutiques. On coupera les prêtres en morceaux et on les jettera en pâture aux chiens. »
On croirait entendre Paul Bert, le vivisecteur, hurlant contre les prêtres à la Chambre des députés, et les qualifiant de philloxera moral! »
Bourgeois qui l'avez tous applaudi, souffrez donc que la *Freiheit* vous dise avec la *Fédération* des ouvriers, au congrès de Pittsbourg :
« Tremblez, tyrans de l'univers. Encore un peu de temps, et vos yeux à courte vue pourront apercevoir la lueur rouge du jour de la justice! »

Enfin, voici le dernier mot des socialistes français, allemands, russes, italiens, réunis en conférence internationale à Genève, le 14 avril 1882. Après avoir combiné leur plan d'attaque contre la société, ils se séparèrent en criant : « A bas Dieu! A bas la patrie, les gouvernements, les bourgeois! »

Messieurs les francs-maçons, vous l'entendez; les socialistes commencent par répéter les leçons qu'ils tiennent de vous : A bas Dieu, à bas l'Église, à bas les prêtres! Et puis ils concluent : « A bas les gouvernements, à bas les bourgeois, qui font pour eux de cette terre

un paradis, et pour nous un enfer sans espérance ; à bas l'infâme capital qui absorbe toutes
les jouissances de ce monde ; à bas la société
qui nous tyrannise et nous opprime, et « s'il
n'est pas possible de la faire sortir de ses
gonds, nous la ferons sauter au moyen de la
dynamite (1). » — « Pour arriver au but pour-
suivi, à l'anéantissement du souverain, des
ministres, de la noblesse, du Clergé, des grands
capitalistes et d'autres exploiteurs, tout moyen
est légitime. Il y a lieu en conséquence de
donner une attention spéciale à l'étude de la
chimie et à la confection des matières explosibles, celles-ci étant l'arme la plus puis-
sante. (2) » — « Mettons en œuvre le feu, le
fer, le poison et le pétrole. Faisons table rase.
Abattons cette société pourrie dont notre
misère et notre ignorance sont la base (3). » —
« La terre existe pour le bien-être commun
des hommes, qui tous ont un droit égal à la
posséder. L'organisation sociale actuelle est

(1) *Freiheit*, n° 18.

(2) Association internationale des ouvriers socialistes
révolutionnaires, 19 juillet 1881.

(3) *Le Mirabeau*, journal socialiste.

absurde et criminelle. Ce sont les travailleurs qui produisent, et les riches fainéants les tiennent dans leurs serres. Notre société (la *Main-Noire*) déclare les riches hors du droit des gens; elle proclame que pour les combattre comme ils le méritent, tous les moyens sont bons et nécessaires, sans excepter le fer, le feu et même la calomnie (1) ».

Et voilà, messieurs les bourgeois sans Dieu, comment votre cri : A bas le Décalogue! a produit cet autre cri : Vive la Dynamite! si vous ne comprenez pas que vous êtes les vrais pères du socialisme, c'est que, permettez-moi de vous le dire, vous n'êtes pas forts.

(1) La *Mano Neyra*, société espagnole. Voyez *Statuts*

IV

L'ARGUMENT DU CANON

Messieurs les bourgeois libres, penseurs et libres-viveurs, je viens de vous prouver que vos impiétés ont produit la grande armée des socialistes, et que cette grande armée marche contre vous pour vous exterminer. Il s'agit donc de la vaincre ou de mourir. Or, vous n'avez pour la vaincre que deux arguments, l'argument de la raison et l'argument du canon. J'ai le regret de vous annoncer que vous serez battus sur toute la ligne.

J'entends bien les raisons *d'ordre matériel* que votre presse maçonnique oppose aux revendications des ouvriers. Vous invoquez le droit de propriété, vous faites valoir les inégalités inévitables de l'ordre social. Tout cela est vrai au point de vue de l'ancien régime, appuyé sur l'ex-Dieu du Décalogue ; mais n'avez-vous pas dit aux ouvriers, pour les détacher de l'Évangile, que vous fondriez un régime nouveau où régneraient enfin la vraie liberté, la vraie égalité, la vraie fraternité ? Eh bien ! les ouvriers vous répondent que la liberté consiste à s'affranchir de votre tyrannie, que l'égalité se refuse à voir des Crésus et des mendiants, des Vitellius et des affamés, des sybarites et des martyrs, des capitalistes en un mot arrondissant leurs millions et même leurs milliards par l'exploitation des prolétaires ; et qu'enfin la fraternité consiste pour vous à abandonner vos propriétés particulières pour les transformer en propriété collective au profit de tous. Ainsi nous serons tous frères, enfants d'un même père, l'État. Si vous faisiez les récalcitrants, messieurs les bourgeois, on vous inviterait à méditer un peu plus attentivement la déclaration des droits de l'homme et les immortels principes de 1789. Si cette méditation ne suffisait pas pour éclairer votre intellect, on vous rappellerait qu'en vertu du nouveau droit, vous avez volé les biens de la royauté, de la noblesse et du clergé. Et si vous avez pu mettre ces biens à la disposition de la nation, comme disaient élégamment vos pères de 1791, pourquoi la révolution des nouvelles couches ne remettrait-elle pas en circulation les biens que détient la bourgeoisie, par exemple, les milliards drainés sur toute la France par le juif Rothschild? En quoi l'ordre matériel sera-t-il plus lésé quand on vous dépouillera qu'aux beaux jours de vos glorieux ancêtres, les voleurs de 1791?

Vous dites que la *raison* condamne ces revendications sauvages? — Et pourquoi? répondait en 1882 le radical H. Maret : « Le travailleur entend prendre place au grand banquet de la Révolution. Il faut que les conviés se serrent et lui donnent un siège parmi eux, s'ils veulent continuer le festin commencé. Cela est juste, il n'est pas possible qu'une partie de l'humanité travaille toujours pour enrichir l'autre partie et qu'un même soleil ne brille pas pour tout le monde. Et puisque vous ne pouvez plus promettre un paradis auquel vous ne croyez plus, ne vous étonnez pas que le peuple se lève et vous dise : Frère, où est la part d'héritage que tu m'as volée ? »

Le prêtre, lui, pourrait répondre en invoquant le Décalogue, en montrant le crucifix, le ciel et l'enfer; mais vous avez dit au peuple que le Décalogue était périmé, que le crucifix n'est qu'un meuble à remiser au grenier; le paradis, une blague et l'enfer, un épouvantail dont se servent les curés pour effrayer les imbéciles. Si ce prêtre que votre Paul Bert appelait un « phylloxera moral » se levait pour vous défendre, évidemment on l'assommerait.

Invoquerez-vous pour vous protéger l'autorité du *Code civil*, plus respectable à vos yeux que le Code du Sinaï? — La loi, vous répondra le socialiste, c'est la volonté du nombre, et nous sommes le nombre. « Le peuple souverain courbera ta tête altière, ô bourgeois, sous la légalité de fer du prolétariat vainqueur. La loi! dis-tu: il n'y a point de droit contre le droit, et le droit de 1789, c'est l'égalité en tout et pour tous. Le droit de propriété doit disparaître devant les droits de l'homme. D'ailleurs, l'as-tu respecté, ce droit de propriété, quand

au siècle dernier tu mettais la main sur les
biens des prêtres et des nobles? Et ces beaux
domaines, acquis avec une poignée d'assi-
gnats, tu nous les présentes aujourd'hui comme
chose inviolable et sacrée? As-tu respecté
en 1880 les propriétés privées, quand tes préfets, tes gendarmes et tes policiers abattaient
les portes des couvents et jetaient dans la rue
ceux qui les habitaient? Il y avait pour cela
des lois existantes; il y en aura aussi pour te
dépouiller, et si le Code en manque, comme les
législateurs de 1792, nous saurons en faire. »

A ce tigre affamé parlerez-vous de *morale*
ou de *conscience!* Il vous répondra comme le
régicide Hadel à ses juges, que c'est là une
doctrine de curés. La conscience, vous dira-
t-il, j'en avais une quand je croyais à Dieu et à
l'âme, mais ne m'as-tu pas dit, ô bourgeois!
qu'il n'y a ni Dieu ni âme. Or si l'homme n'est
qu'un animal, indique-moi donc, ô bourgeois
stupide, dans quelle partie de ton corps se loge
ta conscience? Et s'il n'y a pas de Dieu, devant
quel juge l'homme est-il responsable? Devant
les juges de la terre, peut-être? Mais il y a
quelques années votre gouvernement suspen-

dait l'inamovibilité de la magistrature pour nous donner des juges à sa dévotion. Quand les juges condamnent vos préfets, vos gendarmes, vos policiers, n'avez-vous pas un tribunal des conflits pour invalider la sentence des magistrats? Pourquoi les socialistes vainqueurs n'auraient-ils pas comme vous leur magistrature épurée, leur tribunal des conflits, leur grand-juge pour casser tous les arrêts qui leur déplaisent? Au pis-aller, ils iront faire un tour à la Nouvelle, puis reviendront, amnistiés comme Louise Michel et Rochefort, hurler contre les bourgeois.

Tenterez-vous d'amadouer les socialistes en essayant de résoudre dans vos parlements la question économique? La question économique existe : elle consiste en ceci que plus le capital se développe, plus le nombre des prolétaires augmente. « Aucune époque, comme l'a très bien dit Bebel à la tribune du Reichstag, ne présente une prolétarisation des masses semblable à celle des vingt dernières années ». Et cela est aussi vrai pour le campagnard que pour l'ouvrier des villes. Vous aurez beau inventer des palliatifs, des adoucissements à la

dure loi du travail, vous n'empêcherez pas le
nombre des prolétaires d'augmenter toujours
et de grossir l'armée des socialistes. La
question sociale sera toujours pour eux la vraie
question à résoudre et ils se moqueront de
votre législation économique. « Le prolétaire
sans Dieu se demande si tous les hommes ne
naissent pas égaux, voilà la question, et pourquoi il y a des riches et des pauvres. On lui
dit que sa condition s'améliore, il répond qu'il
a faim ; il écoute les doctrines folles qui s'agi-
tent dans les recoins les plus sombres de son
immensité. A la place de l'Evangile de Dieu
qui le consolait, il en accepte d'autres qui le
rendent fou. Il menace de briser l'ordre matériel et de le mettre au pillage (1). » Vous aurez
beau diminuer les heures de travail, imposer
un minimum de salaire, assurer le travailleur
contre les accidents, vous pourrez tuer l'indus-
trie, vous ne contenterez pas le socialiste. Il
faut un baume céleste pour guérir ses plaies, et
ce baume, vous ne le connaissez plus.

En somme, le peuple étant ce qu'il est, athée,

(1) Louis Veuillot, *Libres-penseurs*.

matérialiste, sans espoir ni en ce monde ni dans l'autre, vous n'avez aucune bonne raison à faire valoir pour comprimer son désir de posséder et de jouir ! Vous êtes forcément acculés à l'argument suprême : le canon. « Un peuple sans Dieu, disait Napoléon, on ne le gouverne pas, on le mitraille. » Vous faites comme Napoléon. C'est toujours par cette raison sans réplique que vous répondez au peuple, après l'avoir, par vos doctrines, démoralisé et conduit à l'assaut de la société. Vous l'avez mitraillé en 1848 et en 1871, vous êtes décidés à le mitrailler encore ; mais prenez garde, le peuple sait maintenant que tous vos boniments sur la fraternité finissent toujours par des éclats d'obus et, qu'en définitive, il n'y a plus qu'un droit sur la terre, le droit du plus fort. Il s'arrange de manière à être le plus fort. A la franc-maçonnerie bourgeoise, il oppose la franc-maçonnerie des prolétaires, avec ses clubs, ses syndicats, ses comités, son budget, ses serments. Il a chaque année ses congrès internationaux représentant des millions d'hommes, prêts à se mettre en grève sur un signal des chefs, mieux obéis que vos ministres.

Une autre force des socialistes, c'est la passion, le feu sacré qui brûle leur cœur et soulève chez eux un enthousiasme que vous ne connaissez plus. Bourgeois de 1789, vous n'avez plus de passion, mais simplement des appétits. Vous vous moquez des immortels principes, et si vous lancez encore les grands mots de progrès et de liberté, c'est pour éblouir les badauds assez ineptes pour vous prendre au sérieux. Mais le peuple, lui, croit à ses idées socialistes dont l'expérience n'a point encore démontré l'absurdité. Ses journaux lui montrent chaque jour dans la réalisation de leurs systèmes le paradis de l'avenir. On ne lui parle que de ses droits violés et de ces monstres de bourgeois qui sucent son sang et boivent ses larmes. Il attend avec impatience le glas funèbre de la vieille société et le signal du grand combat.

Quant aux armes, il en a qui défient vos canons et vos mitrailleuses. Et il ne fait point difficulté de vous en avertir, car vous avez pu lire, il y a quelques années, sur tous les murs de Paris, cette proclamation du Comité exécutif de l'Internationale, section française :

« A vous tous, bourgeois, capitalistes et gouvernants.

» Malheur à vous !... Notre haine sera terrible, implacable, et ne s'éteindra qu'avec notre race.

» L'heure de la vengeance est proche ! C'est une guerre à mort que le prolétariat vous déclare.

» Ce ne sera plus le fusil à la main que nous descendrons dans la rue pour attaquer votre classe, défendue par des centaines de milliers d'hommes armés jusqu'aux dents ; nous n'emploierons que les moyens fournis par la science. Pour vous détruire, tous les engins sont bons, depuis le poignard et la dynamite jusqu'au poison et au pétrole.

» C'est sur la science que s'appuient les théories socialistes et c'est avec l'aide de la science que nous accomplirons la liquidation sociale. »

Vous le voyez, Messieurs, c'est une légion d'hommes, ou plutôt de démons, qui opérera contre vous à la manière des volcans ou des tremblements de terre. Avec la dynamite ou la mélinite, ils feront sauter les palais, les usines,

les cités ; avec le pétrole, ils sèmeront l'incendie, avec le poignard et le poison, ils achève-
ront la destruction.

« Au feu ! s'écrie un de leurs écrivains dans
un accès de lyrisme infernal, au feu les études
de notaires et d'avoués, afin de détruire les
titres de propriété individuelle.

» Au feu les bureaux d'agents de change et
de banquiers, afin de détruire les titres de
rentes ou autres valeurs.

» Au feu les livres de cadastres et d'hypo-
thèques, qui servent à délimiter les propriétés
particulières.

» Au feu les bureaux de perception et d'en-
registrement, pour la comptabilité de l'Etat.

» Au feu la mairie et les archives contenant
les papiers de l'État civil, afin de détruire
même la personnalité des individus. »

Destruction, messieurs, tel est le dernier
mot des anarchistes. Actuellement ils dressent
leurs soldats à la manœuvre, lèvent le plan des
localités, fabriquent les matières explosibles et
attendent le jour du grand cataclysme.

Et ne croyez pas que ce soient là de vaines
menaces, un système d'intimidation pour

effrayer le bourgeois et arracher des concessions aux patrons. Une fois hors des barrières du Décalogue, sans conscience et sans Dieu, la bête humaine s'élance tout naturellement à l'assaut du bien-être, la dynamite d'une main et le poignard de l'autre. Vous-mêmes, si vous n'étiez les riches et les repus, vous seriez à la tête des socialistes, et la preuve, c'est que vous renversez tout gouvernement qui ne vous donne pas des places ou des rentes. Vaines menaces! Non, messieurs, après la Commune de Paris et l'incendie de ses monuments, après Montceau-les-Mines et Decazeville, après les exploits des nihilistes en Russie et des grévistes en Belgique, il n'est plus possible de se faire illusion sur le sort qui vous attend. Bientôt vous entendrez hurler d'un bout de la France à l'autre : Vive la dynamite!

Vous me répondrez que vous avez trois millions de soldats et que vous attendez de pied ferme les dynamitards. — Mais pourquoi les socialistes n'imiteraient-ils pas le bel exemple que vous leur avez donné en 1870? Pendant que nos soldats se battaient contre les Prussiens, le jour même de la catastrophe de Sedan n'avez-vous pas profité de nos malheurs pour vous emparer du pouvoir? Un de ces jours le feu sera aux quatre coins de l'Europe : nous n'aurons pas trop de nos trois millions de soldats pour défendre nos frontières menacées par l'Allemagne, l'Italie et leurs alliés. Pourquoi les socialistes, aussi rusés que vous, républicains du 4 septembre, ne choisiraient-ils pas ce moment pour se proclamer les chefs de la France? Le socialisme alors, devenu doctrine gouvernementale, institution légale, dépouillerait les propriétaires avec l'appui des gendarmes et de l'armée comme vous avez expulsé les religieux de leurs maisons le 1er novembre 1880, avec l'appui de vos commissaires, de vos agents de police, de vos soldats et de vos gendarmes.

Mais, supposé que vous restiez les maîtres des troupes, des fusils et des canons de la France, êtes-vous sûrs d'être obéis quand vous commanderez de tirer à mitraille sur dix, vingt mille socialistes, hommes, femmes, enfants de tout âge? Il y a quelques jours, un de vos sous-préfets, à Fourmies, commandait de tirer sur un groupe de deux ou trois cents personnes. « Ma mère est là devant moi! s'écrie un soldat, je ne tire pas. » Or aujourd'hui que tous les Français passent quelques années à la caserne, le soldat rencontrera partout des parents et des amis. Le militaire et le civil ne formeront plus deux corps distincts et souvent rivaux, comme autrefois. Ils auront les mêmes pensées, les mêmes aspirations, les mêmes volontés. A vingt ans le jeune sans-Dieu sera socialiste comme ses compagnons d'atelier ou d'usine. Et vous pensez qu'il déchargera son fusil contre ses associés, contre le peuple, et cela pour défendre un gouvernement qu'il déteste, et une société dont il désire la ruine! Un chrétien en pareil cas ne verrait que son devoir et le salut de la patrie, mais n'oubliez pas que pour le socialiste, il n'y a plus de patrie.

Que si l'obéissance aveugle l'emporte sur le sentiment, si le soldat fait feu sur un groupe de socialistes en révolte, gardez-vous de crier victoire. Des hommes, des femmes, des enfants tomberont sur le pavé des rues, baignés dans leur sang. Pour le peuple, ce seront autant de martyrs, et d'un bout de l'Europe à l'autre on

vous transformera en bourreaux. Voyez l'effet
produit, le 1er mai 1891, par la fusillade de Fourmies. Certes, les soldats attaqués à coups de
pierres, avaient bien le droit de se défendre.
Après avoir longtemps tiré en l'air, sur l'ordre
du sous-préfet, ils déchargent leurs fusils sur
les émeutiers. Quatorze personnes sont frap-
pées à mort. Toute la France est en émoi. A la
Chambre les ministres sont traités d'assassins.
On exhibe publiquement la chemise trouée de
plusieurs balles d'un malheureux ouvrier. On
demande un vote de blâme contre le sous-préfet et le ministre, on exige une enquête afin de
bien établir la responsabilité de chacun, et si,
finalement, les ministres obtiennent un vote
de confiance, c'est en promettant qu'ils vont
s'occuper sans retard d'alléger le sort des ouvriers en soumettant au Parlement le grand
problème économique. Le cabinet sort de cette
séance très amoindri. Quant au peuple, il jure
qu'il se vengera de ses bourreaux. A l'enterre-
ment des victimes, ni le maire, ni le sous-préfet
n'osent paraître. La rage est telle que cet in-
cident pourrait amener les complications les
plus graves. Le conseil municipal de Paris émet

un vote de blâme contre le ministère ; deux cents députés réclament l'amnistie pour les émeutiers. Évidemment, encore une fusillade de ce genre, et le gouvernement est par terre. Les grévistes l'ont parfaitement compris, soyez-en sûrs. Ils ne craignent guère de voir le sous-préfet d'Avesnes, tout juif qu'il est, commander le feu le 1er mai prochain. Et tout ce tapage pour un rassemblement de quelques centaines de personnes ! Que ferez-vous donc le jour de la grève générale des houilleurs, alors que le charbon faisant défaut, les chemins de fer, les travaux de toute espèce s'arrêteront. Les ouvriers, par centaines de mille, crieront : Mort aux bourgeois ! Les femmes, les enfants demanderont du pain. Les rues, les places publiques seront encombrées de multitudes furieuses, avinées, ne respirant que pillage et carnage. Ce jour-là, que feront vos soldats ? Tireront-ils dans le tas ? Ce sera une horrible boucherie. Le sang appellera le feu ; le canon, la dynamite. Aux lueurs de l'incendie, aux explosions des poudrières, aux cris déchirants des victimes, vous apprendrez que la Commune sanglante règne dans Paris et les départements.

On dit qu'après l'interpellation sur les événements de Fourmies, M. Constans, voyant sa position quelque peu ébranlée, se serait écrié : « Ils verront l'an prochain, quand je ne serai plus là, ce qui arrivera le 1er mai. » Que vous soyez là ou ailleurs, monsieur le ministre, vous n'arrêterez au passage ni les trombes, ni les cyclones. Vous avez semé le vent, vous récolterez la tempête; vous avez détruit le Décalogue, vous n'échapperez point à la Dynamite.

V

CONVERSION OU DESTRUCTION

Je viens de vous montrer, Messieurs les bourgeois sans Dieu, que, dans leurs revendications
contre vous, les socialistes ont pour eux, avec
la raison, l'argument du nombre et d'engins plus puissants que toute votre artillerie.
Il n'y a qu'un moyen de vous sauver, Messieurs, c'est d'interposer le prêtre entre eux et
vous. Dieu lui-même vous a fait toucher du
doigt cette vérité au massacre de Fourmies.
Le 1er mai 1891, vous avez vu dans cette ville
·une bande d'ouvriers en présence de vos soldats. Les uns lançaient des briques, les autres
tiraient des coups de fusil sur des femmes,

des jeunes filles, des enfants, quand un prêtre,
le curé de Fourmies, se jeta entre les combat-
tants. « Assez, assez de victimes ! » criait-il.
Les fusils s'abattirent devant le représentant
de Dieu, et les moribonds, avant de rendre le
dernier soupir, reçurent le pardon que leur ap-
portait le prêtre, et pardonnèrent, en face de
l'éternité, à ceux qui venaient de les coucher
sanglants sur le pavé des rues. Ce fait signifi-
catif vous indique le moyen, l'unique moyen
de salut qui vous reste. Laissez le prêtre exer-
cer librement sa mission de sauveur, laissez-le
enseigner le Décalogue à l'église, à l'école, dans
les maisons, dans les usines, sur les places publiques. Consentez vous-mêmes à pratiquer la
loi de justice et de charité que prêche le Décalogue, et vous verrez disparaître ces grèves
toujours menaçantes, et cette dynamite plus
terrible que les canons Krupp et les fusils Le-
bel.

Messieurs, conversion ou destruction, vous
avez le choix. Il faut dès maintenant dissoudre
votre société satanique, votre église souter-
raine, pour entrer dans la sainte Église du
Christ ; laisser le tablier et l'équerre pour re-

prendre le drapeau de la Croix ; renier vos affreux serments pour renouveler ceux de votre baptême ; aux idées anti-chrétiennes et anti-sociales que vous propagez avec un zèle infernal, opposer les articles du *Credo* et les préceptes du Décalogue ; à vos immoralités sans nom et sans nombre substituer les vertus et les sacrifices qui apaiseront Dieu, que vous avez insulté, et le peuple, que vous avez scandalisé ; en un mot, cesser d'être apostats pour redevenir de vrais disciples du Christ, et, j'ose vous le prédire, bien que le mal dont vous êtes les auteurs ait pénétré profondément dans toutes les classes de la société, vous échapperez au cataclysme qui vous menace. Donnez au peuple un gouvernement chrétien, des ministres chrétiens, des préfets chrétiens, une classe dirigeante chrétienne, et le peuple sera chrétien. Le peuple n'est sans Dieu, sans foi ni loi, qu'en vertu de l'axiome : *Regis ad exemplar totus componitur orbis.* Tels les gouvernants, tel le peuple.

Allons, messieurs les bourgeois, un petit effort. Il vaut mieux renoncer à la franc-maçonnerie que de mourir dans le pétrole. Jetez au loin

le triangle, et ramassez la croix pour l'attacher
de nouveau aux murs de l'école. *In hoc signo
vinces,* c'est-à-dire, par la croix vous triom-
pherez du socialisme. N'hésitez pas, messieurs,
et ne retardez pas l'heure de votre conversion,
car vos actions sont en baisse, vous vieillissez
terriblement; vous devez vous apercevoir, à des
signes non équivoques, que le jour de la grande
liquidation approche.

D'abord, voilà une douzaine d'années que
vous détenez le pouvoir. Douze ans, dans notre
France de 1789, c'est une ère bien longue, *lon-
gum œvi spatium,* comme dirait Tacite. La
première République a vécu douze ans, le premier Empire dix ans, la Restauration quinze
ans, la Monarchie de Juillet dix-huit ans, le second Empire dix-huit ans, la République sans
républicains de 1870 huit ans, et votre République anti-chrétienne treize ans. La France,
qui se sent très malade, a une furieuse envie
de congédier les médecins qui l'empoisonnent.
Malgré l'habileté, pour ne pas employer le mot
propre, de votre grand électeur Constans,
un déplacement de deux ou trois cent mille
voix dans la dernière élection vous jetait à

la porte, opportunistes aussi bien que radicaux.

D'ailleurs, si vous doutez de la crise qui se prépare, voyez le lamentable état dans lequel vous avez mis la France. Rochefort résumait la situation de l'Empire par ces deux mots : Art. 1er. Il n'y a plus rien. Art. 2. Personne n'est chargé de l'exécution du présent arrêté. N'est-ce pas le bilan de la malheureuse France?

Il n'y a plus de *justice* depuis que vous avez substitué à l'ancienne magistrature, l'honneur et la gloire de la France, non plus des juges qui rendent des arrêts, mais des créatures qui rendent des services.

Il n'y a plus d'*instruction* depuis que votre baccalauréat, au dire de vos professeurs eux-mêmes, ne forme que des idiots surmenés et écrasés sous le poids de vos programmes imbéciles, depuis que les chiffres remplacent les humanités, depuis que le *Manuel civique* d'un Paul Bert remplace dans les écoles primaires l'Évangile et le Catéchisme.

Il n'y a plus d'*agriculture*, depuis que vous l'avez écrasée sous le poids d'impôts toujours croissants. Les paysans s'en vont dans les villes gagner le morceau de pain que la campagne ne peut plus leur donner, les fermiers ne paient plus leurs propriétaires, les terres restent incultes.

Il n'y a plus de *commerce* depuis que vos traités ineptes avec l'étranger, spécialement avec l'Allemagne, rendent la concurrence impossible, surtout si l'on compare l'impôt payé par les Allemands aux charges exorbitantes qui pèsent sur vos contribuables.

Il n'y a plus de *finances* depuis que vous gaspillez le Trésor en dépenses improductives, c'est-à-dire à laïciser des écoles, à bâtir des palais scolaires, des lycées de filles et autres foyers d'immoralité et d'impiété; à construire des chemins de fer non d'intérêt public ni local, mais pour enrichir des spéculateurs, frères, neveux, cousins de la bande ministérielle au pouvoir; à créer des sinécures sans nombre pour tous les maçons dont la truelle est le seul gagne-pain; enfin à enrichir tous les juifs avec lesquels vous négociez les emprunts qui nous mènent fatalement à la banqueroute.

Il n'y a plus d'*armée* depuis que vous l'avez réduite au service de trois ans, démoralisée en la privant d'aumôniers, c'est-à-dire de tout culte religieux, abattue et découragée en mettant à sa tête les Thibaudin, les Caffarel, les Boulanger.

Il n'y a plus d'*honneur* depuis que vos ministres, vos généraux et les locataires de l'Élysée vendent au plus offrant cette croix que tant de braves avaient gagnée au prix de leur sang.

Il n'y a plus rien, messieurs, il n'y a plus de *gouvernement*, car qu'est-ce qu'un gouvernement sous lequel un ministre de la guerre écrit des lettres d'amour à une vieille entremetteuse de vols et d'escroqueries, un autre général-sénateur prend la clef des champs pour éviter de s'entendre, sur le banc de la police correctionnelle, condamner à cinq ans de prison comme escroc; sous lequel un autre ministre de la guerre correspond également avec des tripoteuses de croix, provoque des émeutes, s'enfuit sur une locomotive et se fait mettre aux arrêts comme un gamin de collège ; sous lequel le gendre du président de la République vole des dossiers au ministère des finances, commet des faux, soustrait des pièces authen-

tiques, fraude l'État, vend la croix de la Légion d'honneur et la distribue comme pour-
boire à ses fournisseurs; sous lequel le président
de la République, dûment averti, tolère son
gendre, le soustrait à la justice, et s'expose à
passer pour le recéleur de toutes les escroqueries commises au profit des siens. Et depuis !...
depuis, sous le couvert d'un Carnot (pas le
grand), la France aux mains d'un... Constans !...

« C'est du propre ! criait un journaliste,
écœuré à la vue de tant d'ignominies. C'est de
la pourriture ! s'écrie la France entière. Un
balai ! hurle-t-on de toutes parts, vite un balai
pour nettoyer la France de toutes ces ordures !
Vous savez très bien que si la France a pu ac-
clamer un jour le général Boulanger, c'est
qu'elle a cru voir dans ses mains le balai qu'elle
cherche de tous côtés. »

La France a la nausée, Messieurs ; prenez
garde, elle tolère beaucoup de choses, mais elle
ne supportera pas qu'on la roule dans le ruis-
seau ou dans l'égout. Vous l'avez couverte de
boue : elle se lavera, fût-ce dans votre sang !
Le premier sabre qui se présentera pour la
venger, elle l'acceptera. A défaut de sabre, le

socialisme lui offrira son poignard, elle l'acceptera encore. Et quand les hordes sanglantes de
la Commune promèneront leur drapeau rouge
à travers la France terrorisée, apparaîtra sou-
dain quelque nouveau chancelier de fer, suivi
d'un million d'hommes pour écraser les sauvages, et coucher à jamais dans son tombeau
celle qui fut autrefois la grande nation.

Messieurs, c'est un franc-maçon qui a dit :
« Il faut étouffer le Catholicisme dans la boue. »
C'est vous, c'est votre République, c'est la
France sans Dieu qui patauge et étouffe dans
la boue. Revenez au Christ, à son Église, au
décalogue, car la boue appelle le sang. Après
les hontes de la Régence, les échafauds de 93 ;
après les ignominies du Directoire, les bouche-
ries de Napoléon ; après les débauches du second empire, les horreurs de la guerre et de la
Commune ; après les infamies de la troisième
République, un déluge de sang, la guerre sociale !

VI

SINISTRE PRÉDICTION

Il faut donc, Messieurs les bourgeois, vous couvrir du Décalogue comme d'un paratonnerre, si vous voulez éviter la foudre. Conversion ou destruction : pas de milieu ; je vous l'ai démontré. Eh bien ! faut-il vous dire toute ma pensée ? Je ne suis pas prophète, mais j'ai la presque certitude que vous préférerez la destruction à la conversion. Dieu ne veut pas la mort du pécheur, il veut qu'il se convertisse et qu'il vive ; Satan, au contraire, veut la mort du pécheur, et non sa conversion. Or, Satan vous tient dans ses filets et vous lui obéissez aussi docilement que l'enfant à son maître.

Il y a, Messieurs, dans vos cœurs de francs-maçons une haine contre Jésus-Christ que j'ose appeler surhumaine. L'instinct de conservation, le plus fort de tous les instincts, est chez vous moins fort que cette haine, et c'est ce phénomène, aujourd'hui bien constaté par l'ensemble de vos actes, qui me fait croire à votre impénitence finale. Il y a quelque chose du déicide dans votre rage contre le Sauveur des hommes, et vous êtes capables, en face de l'abîme qui va vous engloutir, de crier comme les Juifs : « Que son sang retombe sur nous et sur nos enfants ! » Périsse mon âme, périsse la France, pourvu que le Christ ne règne pas sur nous !

Et voilà pourquoi, pour le dire en passant, les crises sociales vous épouvantent un instant, mais ne vous convertissent pas. Au contraire, plus le socialisme devient menaçant, plus le cataclysme devient imminent, plus vous dressez de batteries contre Dieu et son Christ. L'histoire des cinquante dernières années le prouve jusqu'à l'évidence.

Aux journées de juin 1848, les socialistes, à leurs débuts, couvrent Paris de barricades.

C'est la guerre civile, au cri de : Mort aux bourgeois! L'ouvrier et le soldat s'envoient des coups de fusil, les volontaires arrivent de tous les départements pour arrêter l'insurrection triomphante et sauver la Capitale. Ce jour-là, vous avez tremblé, messieurs les bourgeois sans Dieu, tremblé pour vos biens, tremblé pour votre vie. Aussi avez-vous feint de vous convertir, jusqu'au jour où, l'émeute comprimée, vous avez cru pouvoir, sans vous exposer, recommencer vos agissements contre le Christ et son Église.

Grâce à vos leçons, le nombre des apostats augmenta de jour en jour, et par là même l'armée des socialistes multiplia ses bataillons. En 1870, le monde épouvanté vit ce qu'on n'avait jamais vu : deux cent mille incendiaires massacrant les honnêtes gens, fusillant les prêtres, les évêques, les magistrats, les soldats, livrant aux flammes Paris et ses monuments. Eh bien! aux premiers jours de la Commune, les bourgeois francs-maçons revêtirent leurs tabliers et, parés de leurs insignes, vinrent parader sur les remparts avec les hommes du drapeau rouge. Le triomphe de la Commune, c'était leur ruine, mais c'était l'enfer sur terre, le crucifix piétiné, les églises renversées, Satan acclamé : le franc-maçon suait de frayeur, mais néanmoins il battait des mains à ce spectacle de damnés.

La Commune disparaît, noyée dans le sang de ses adeptes, et la France conservatrice nomme une Chambre royaliste, qui veut le règne de Dieu et du roi très chrétien. Aussitôt la bourgeoisie libérale et révolutionnaire proteste contre cette volonté de la France et ourdit si bien ses intrigues qu'en sept ou huit ans, on entendait la majorité des représentants de cette même France s'écrier : Le cléricalisme, voilà l'ennemi ! L'ennemi pour les Grévy, les Gambetta, les Ferry, ce n'était plus la Commune incendiaire, c'était l'Église, c'était Dieu !

Et depuis lors, Messieurs les bourgeois, obéissant à ce mot d'ordre des Loges, vous vous êtes rués sur les cléricaux. Vos préfets, vos commissaires, vos gendarmes, vos valets porteurs de fausses clefs, ont brisé les portes des couvents, porté leurs mains sacrilèges sur les prêtres de Jésus-Christ, souillé les temples de leur présence, scellé la maison de Dieu. Vos lupanars sont ouverts à tout venant : votre joie, c'est de fermer des églises !

Cette recrudescence d'impiété aboutit naturellement à une nouvelle levée de boucliers de la part des socialistes. Grèves de tous côtés, explosions de dynamite, insurrections de Montceau-les-Mines, de Decazeville et autres centres du prolétariat. Vous avez pu voir alors le « quatrième état » organisé contre le « tiers », c'est-à-dire contre vous, et vous déclarant la guerre, guerre d'extermination, guerre sans trêve ni merci jusqu'au jour où le prolétaire vainqueur tiendra sous ses pieds le cadavre du bourgeois qu'il aura dépouillé.

Encore une fois vous avez tremblé, mais la haine de Dieu l'emporta de nouveau sur l'instinct de conservation. Au lieu de couper le mal dans sa racine en élevant les enfants aux pieds du Christ, dans cette religion qui défend de tuer et de voler, comme s'il n'y avait pas assez de socialistes en France, vous avez laïcisé les écoles, abattu les croix, interdit le catéchisme, de manière à faire de ces écoliers sans Dieu des ouvriers sans foi ni loi, et à grossir ainsi chaque jour l'armée des socialistes de cinq ou six cent mille

recrues. En vain, les parents résistent et veulent empêcher ce massacre des innocents ; en
vain, les communes protestent contre l'odieuse
laïcisation, vos préfets sans pitié chassent les
sœurs et les frères du milieu de leurs enfants
en pleurs, et installent violemment les maîtres
et les maîtresses d'apostasie que vous avez
formés dans vos écoles normales pour déchris-
tianiser la France. Grâce à cette tyrannie, vous
avez maintenant dans vos cinquante mille
écoles quatre millions d'enfants. Quand vous
aurez achevé votre œuvre, c'est-à-dire détruit
les écoles libres, vous en aurez cinq millions.
Or, vos cinquante ou soixante mille écoles sans
Dieu seront autant de pépinières de socialistes,
de jeunes révoltés qui, à quinze ans, crieront :
« Mort aux bourgeois ! » Si vous n'étiez frappés
de vertige ou plutôt si la haine de Dieu ne vous
aveuglait, vous rougiriez de votre criminelle
folie, mais rien ne vous arrêtera.

Le 1er mai 1890, les chefs du socialisme
décrètent le chômage universel. Ils sont obéis
dans toute l'Europe. Cela ne vous éclaire pas.
Dans le courant de la même année, s'ouvre à
Paris un Congrès international socialiste. Les

délégués représentent des millions d'ouvriers. Ils délibèrent pour savoir quand il conviendra de décréter une grève générale en Europe, c'est-à-dire d'ameuter vingt millions d'ouvriers contre les bourgeois. Vous ne comprenez rien à cette épouvantable menace. Le 1er mai 1891, nouveau chômage décrété par les syndicats des ouvriers, nouvelle menace d'une grève générale à bref délai, lutte à main armée contre les policiers et les soldats, lutte sanglante à Fourmies après laquelle, à la Chambre comme dans les réunions publiques, les ministres sont traités d'assassins, et vos yeux restent couverts d'un bandeau. Vous ne voyez pas que la marée montante vous envahira bientôt, brisant tous les obstacles. Vous ne comprenez pas que le soldat, sorti de vos écoles sans Dieu, socialiste avant d'aller à la caserne, refusera bientôt de tirer sur l'ouvrier, et que ce jour-là le volcan en éruption couvrira la France de ses laves enflammées.

Non, vous ne verrez rien jusqu'au jour prochain de la destruction. Jusque-là vous continuerez à lutter contre Dieu. Vous tarirez par votre loi militaire la source des vocations sacerdotales, sans voir que moins il y aura de prêtres, moins vous aurez de défenseurs quand le peuple se lèvera pour vous égorger. Vous supprimerez le Concordat afin d'enlever aux ministres de Dieu le reste du morceau de pain que vous leur avez volé en 1791, sans vous douter que le vol appelle le vol, et que, si vous pouvez dépouiller le clergé, le peuple peut aussi vous dépouiller. Vous condamnerez à l'amende, à la prison, à l'exil, les pasteurs qui refuseront d'obéir à vos lois tyranniques, sans penser que l'injustice appelle l'injustice, et que les tyrans ont mauvaise grâce de se plaindre quand un tyran plus fort qu'eux les opprime et les écrase. Enfin, vous fermerez les églises comme l'ont fait vos pères de 1793, mais ce sera votre dernier crime. Quand vous croirez avoir vaincu Dieu, sur un signe de ce Dieu vengeur, l'armée des socialistes, cette armée que vous avez créée, se jettera comme un torrent débordé sur la France bourgeoise et franc-maçonne, ne laissant sur son passage que sang et ruines !

Ainsi, sur un signe de Dieu, passèrent les eaux du déluge sur la corruption des géants.

Ainsi, sur un signe de Dieu, passèrent les

armées romaines sur les cadavres de deux millions de Juifs.

Ainsi, sur un signe de Dieu, passèrent des flots de barbarie sur les ruines de l'empire romain.

Ainsi passeront les sauvages du dix-neuvième siècle, plus féroces que les hordes d'Attila, sur la bourgeoisie athée, sur la secte franc-maçonnique, la grande corruptrice des peuples.

Et cette catastrophe sera le salut du monde. Les libres-penseurs et les libres-viveurs auront disparu ; les centaines de milliards de valeurs au porteur, ces objets de tant de vols et de tant de crimes, se vendront au prix du vieux papier. L'agriculture ruinée, le commerce ruiné, la France ruinée, il n'y aura plus que des pauvres, des indigents, des misérables assis sur des décombres, comme après un tremblement de terre. Alors, au milieu des larmes et des sanglots, reparaîtra la Croix comme un symbole d'espérance. Alors aussi le peuple français, comprenant qu'il a été dupe pendant un siècle de la Révolution franc-maçonnique, la couvrira de ses malédictions, fera sa paix avec le Christ, et reprendra le cours de ses glorieuses destinées.

Et sur les débris fumants de vos palais, de vos théâtres, de vos usines, de vos écoles sans Dieu, de vos cités rivales de Babylone, l'Église immortelle chantera le psaume de la Victoire :

« Pourquoi ces vains complots, pourquoi ces conspirations, ô puissants de ce monde, contre le Seigneur et contre son Christ ?

» Vous disiez : « Brisons nos fers et ne cour-» bons plus nos têtes d'hommes libres sous le » joug de Dieu. »

» L'Éternel vous a entendus, et il a ri de vos paroles insensées.

» Et il a dit : « Je les frapperai de ma verge » de fer, et je les briserai comme un vase d'ar-» gile. »

» Et maintenant, ô rois, comprenez; instrui-sez-vous, juges de la terre. »

CONCLUSION

Vous riez, Messieurs, de ma prophétie. Ainsi
ont ri avant vous tous les criminels que Dieu
voulait punir. Jamais ils n'ont voulu reconnaître
les signes avant-coureurs de leur ruine.

En 1770, un célèbre prédicateur, l'abbé
Poulle, après avoir prêché pendant trente-cinq
ans dans la capitale aux grands, aux courti-
sans, aux nobles, aux encyclopédistes, aux
bourgeois voltairiens, s'en retournait dans sa
province natale pour se préparer à paraître
devant Dieu. Une dernière fois, il se fit entendre
à cette foule déjà séduite par la philosophie
franc-maçonne, et lui jeta cette prédiction en
guise d'adieu :

« Depuis trente-cinq ans que nous exerçons
le ministère de la parole dans cette capitale,

nous n'avons jamais cessé de vous annoncer des malheurs... Sentinelle vigilante, du haut de la montagne où nous étions placé, nous avons donné l'alarme. Au moment où la Babylone maudite, après vous avoir préparé son poison, vous offrit en souriant la coupe de l'impiété, nous vous criâmes : « Arrêtez!... vous buvez » la mort!... Tout est perdu : la religion, les » mœurs, l'État! » Vous ne regardiez alors nos prophéties que comme l'exagération d'un zèle outré... Que nous reste-t-il donc à vous prédire en descendant de la montagne? Nous le disons en gémissant : *la vengeance du Ciel!...* »

On rit de ce prophète, on continua d'écouter Voltaire et de s'inscrire dans les loges. Dix-neuf ans après éclatait la Révolution, qui balayait le trône, la noblesse, le clergé, et broyait dans ses serres la bourgeoisie et le peuple. Après avoir vu à l'œuvre les bourreaux de Danton et de Robespierre, et les armées de Napoléon, la France, noyée dans son sang, savait ce que signifiait ce mot : la vengeance du Ciel !

FIN

TABLE

ÉMILE COLIN. — Imprimerie de Lagny.

www.ingramcontent.com/pod-product-compliance
Ingram Content Group UK Ltd.
Pitfield, Milton Keynes, MK11 3LW, UK
UKHW020030100726
13658UKWH00003B/1218